Tatsu Nagataren piztia handiak

Jatorrizko izenburua: *Les grosses bêtes de Tatsu Nagata*
© 2013, Éditions du Seuil
© 2013, euskarazko edizioa: Ttarttalo argitaletxea
Portuetxe, 88 bis 20018 Donostia
ttarttalo@ttarttalo.com www.ttarttalo.com

Itzulpena: Aztiri itzulpen zerbitzuak

ISBN: 978-84-9843-425-5
L.G.: SS 362-2013

Frantzian inprimatua

Eragotzita dago, legeak ezarritako salbuespenetan izan ezik, obra honen edozein berregintza, komunikazio publiko edo moldaketa, aurrez jabetza intelektualaren titularren baimena eskuratzen ez bada. Eskubide horien urraketa jabetza intelektualaren aurkako delitutzat har daiteke (Kode Penaleko 270 eta hurrengo artikuluak). CEDRO erakundeak (www.cedro.org) babesten ditu aipatu eskubide horiek.

Tatsu Nagataren piztia handiak

TTARTTALO

Balea

"Oso zaila da baleak ikustea; zorte handia behar da bat ikusi ahal izateko..."
                                    Tatsu Nagata

Balea ez da arrain bat; horregatik, itsas azalera irten behar izaten du arnasa hartzeko.

Baina ordubete inguru egon daiteke ur azpian, arnasarik hartu gabe!

Lurrean bizi den animaliarik handiena da.

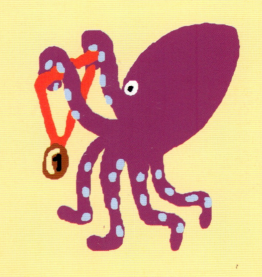

Soinu asko egiten ditu,
eta abesten ari dela dirudi.

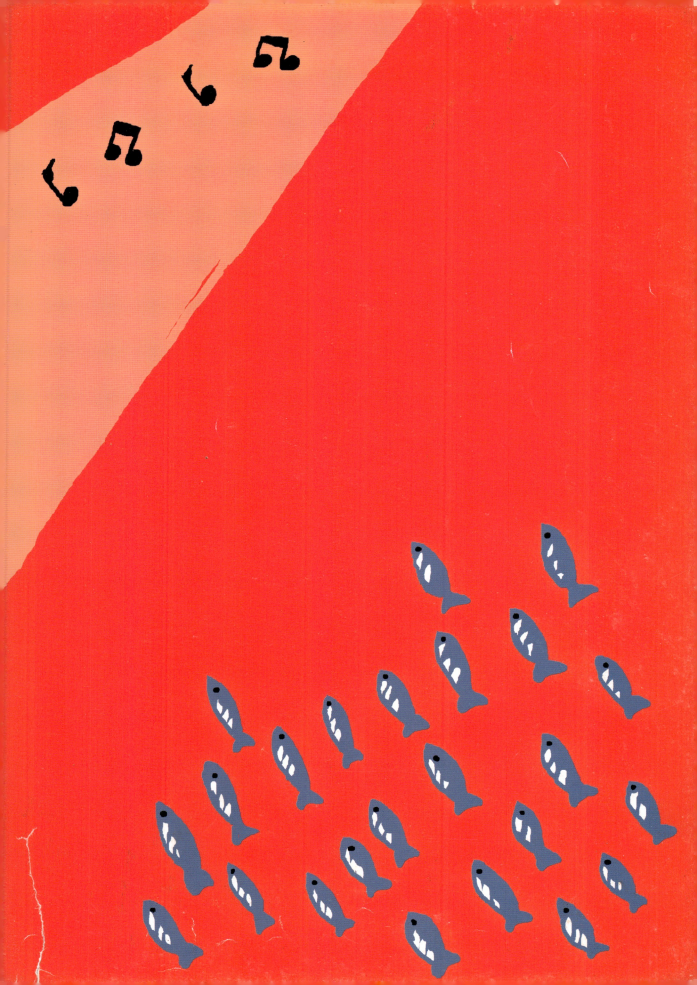

Urtero,
bidaia luzea egiten du
ozeanoetan zehar.

Jaiotzen denean,
balekume txikiak ez daki igerian,
eta amak erakutsi behar izaten dio.

Egunean bi aldiz,
bularra ematen dio.

Balearen ahaide batzuek
hortzak dituzte;
benetako baleek, aldiz,
ez dute hortzik.

Hortzik ez dutenek
izkira txikiak jaten dituzte,
milaka eta milaka.

Baleek

forma...

kolore...

eta neurri asko dituzte.

"Horixe da gure adiskide handi hauei behatuz jakin ahal izan dudana. Laster arte, lehorrean ikusiko dugu elkar!"

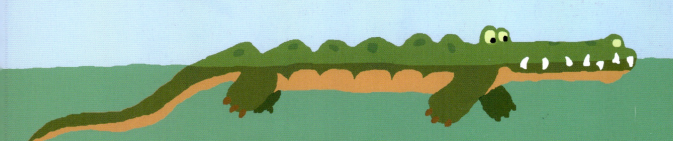

" Erraz hurbil gaitezke krokodiloengana, baina hobe gehiegi ez hurbiltzea, badaezpada... "

Tatsu Nagata

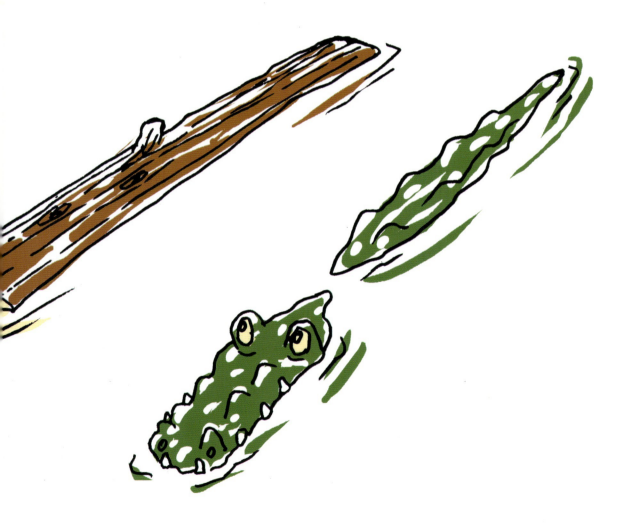

Esku-zabal itxurako oinak ditu krokodiloak.

Eta gorputza
ezkataz estalia.

Odol hotzekoa da,
eta eguzkitan jarri behar
izaten du berotzeko.

Arrautzak jartzen ditu.

Arrainak, txoriak, bufaloak edo antilopeak jaten ditu.

Ahoan txikitu gabe
irensten du harrapakina.

Bi urtean behin,
haginak berriro irteten zaizkio;
horregatik, ez zaizkio inoiz hondatzen.

Gainera, ezertxo ere jan gabe
egon daiteke bi urtez!

Ehun urte harrapa ditzake!

" Ea ba, orain lasai irakur ditzaket azkenean nire oharrak!"

"Aizu, horrela ezin zaitut behar bezala aztertu!"
                                    Tatsu Nagata

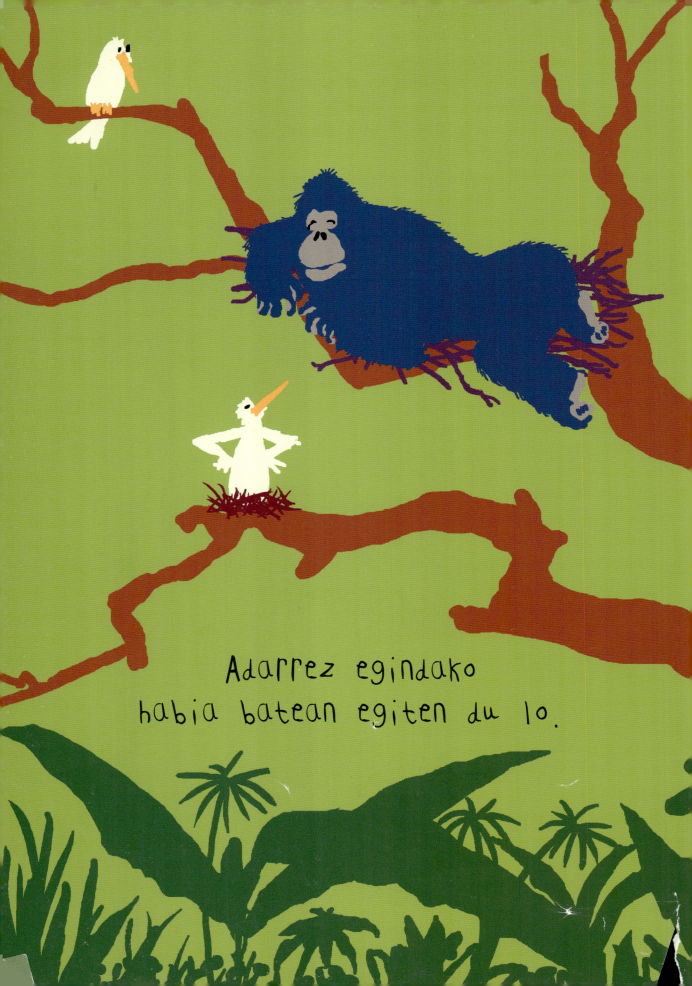

350 kilo pisatzera
irits daiteke.

Kumea sabelari helduta duela ibiltzen da gorila emea batera eta bestera.

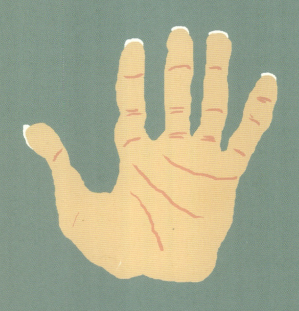

Gorilaren eskua gizakiarenaren antzekoa da.

Tresnak erabiltzen dakien animalia bakanetakoa da.

Gorila lau hankan ibiltzen da, eskuen eta oinen gainean.

Haserretzen denean, bularraldea kolpatzen du.

Lagunartean daudenean, berriz, zorriak kentzen dizkiote elkarri.

" Nik peluxezkoa nahi nuen, ez benetakoa!"

Tatsu Nagata

Hartza, askotan, kobazuloetan bizi ohi da.

Denetik jan dezake,
baina eztia gustatzen zaio gehien.

Hartz batzuek lotan igarotzen dute negu osoa.

Zeinen indartsua den erakusteko, zutik jartzen da atzeko hanken gainean.

Arrantzale bikaina da.

Hanka lodiei esker,
ez da elurretan hondoratzen.

Ez ditugu hartza eta hartz-kumea nahastu behar.

Garai batean, animalien erregea zen.

Oso preziatua zen garai batean hartzaren larrua, eta larrutzeko ehizatzen zuten.

Hartzak badu lehengusu bat,
hartz zuria,
izotzetan bizi dena.

Komunikatzeko, otsoak zaunka, aiuma, intziri, adausi edo ulu egin dezake.

Otsoak taldean bizi dira,
eta buruzagia hautatzen dute.

Elkarren atzetik
egiten dute korrika,
banakako ilaran.

Gauez ere ikus dezake otsoak.

Haren larrua eskuratzeko ehizatu izan da luzaroan.

Otsoak oso garatuta ditu
ikusmena, entzumena eta usaimena.
Baraila indartsuak ditu,
eta oso azkar eta luzaroan
egin dezake korrika,
inoiz nekatu gabe.

Super-animalia da!

Taldean ehizatzen du.

Ipuinetan eta kondairetan, otso handi eta gaiztoaren beldur izaten dira guztiak.

" Oker zaude!
Mozorro desegokia jantzi dut, besterik ez! "

" Hemendik, urrutitik ikusiko dut etortzen."
Tatsu Nagata

Lehoia da animalien erregea.

Gihar izugarriak ditu!

Baina alferrontzi hutsa da,
eta lotan igarotzen du ia egun osoa.

Lehoi emeak ehizatzen du haren ordez.

Ez du etsairik,
beste lehoiren bat akaso.

Taldean bizi da.

Zuhaitzetara igo daiteke.

Zebrak, ñuak eta antilopeak jaten ditu, eta, noizean behin, baita tximuak ere.

Lehoi txikiari lehoikume esaten zaio.

Orroa egiten duenean,
oso urrunetik entzuten da.

marrazoa

Marrazoa harrapari bikaina da eta igeri egiteko diseinu paregabea du.

Munduko ozeano guztietan aurki dezakegu, ozeano Australean izan ezik.

Usaimena eta entzumena
oso garatuta ditu marrazoak.

marrazoaren hagina

Baraila indartsua du,
eta, hainbat hagin-ilara izateaz gain,
etengabe berritzen ditu.

Marrazo gehienek etengabe mugitu behar dute arnasa hartu ahal izateko. Baita lo daudenean ere!

Marrazoen 300 familia baino gehiago daude, eta alde handiak daude batzuetatik besteetara.

marrazo zuria

iratxo-marrazoa

tintoleta

zezen-marrazoa

tigre-marrazoa

buldog-marrazoa

mailu-arraina

itsas azeria

zerra-arraina

zebra-marrazoa

marrazo balea

Txikiena, marrazo nanoa, ozta-ozta iristen da 15 zentimetrora. Eta marrazo baleak, berriz, 18 metroko luzera izan dezake!

Marrazo eme batzuek
arrautzak jartzen dituzte uretan,
beste batzuek sabel barnean
gordetzen dituzte,
arrautzetatik kumeak jaio arte,
eta beste batzuek, aldiz,
marrazokumeak erditzen dituzte zuzenean.

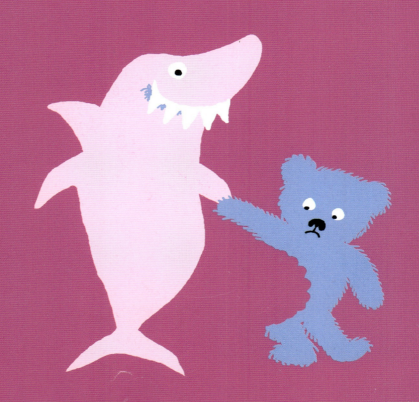

Marrazoek krustazeoak, arrainak, itsas txakurrak, dortokak, olagarroak, txoriak edo planktona jaten dute.

Ez diote erasotzen gizakiari, hutsegite baten ondorioz ez bada.

Gehiegizko arrantzaren ondorioz, mehatxatuta dauden espezieetako bat da marrazoa.

" Ez! Ez dut marrazoaren hegalik ikusi.
Ez, ez dut ikusi!
Ez, ez dut ikusi!
Ez, ez eta ez! "

Ez, ez,
gaizki ulertu duzue.
Ez dut esan
«lehoia animalien ERREGEA da.»
Esan dut
«lehoia animalia ERGELA da.»
Oso desberdina da.

" Aizue, pixka baterako utzi dizkizuet soilik!"